AYMAR

DE GRANVAL

AYMAR
DE GRANVAL

COMÉDIE

EN TROIS ACTES ET EN PROSE

PAR

M. ALEXANDRE WEILL

PARIS

IMPRIMERIE DE Mme Ve DONDEY-DUPRÉ

RUE SAINT-LOUIS, 46

1857

PERSONNAGES

LE VICOMTE DE BEAUCHATEAU.
BERTHE DE BEAUCHATEAU, sa fille.
LE BARON PAUL DE ROCHEFORT.
BLANCHE DE ROCHEFORT, sa sœur.
LE COMTE AYMAR DE GRANVAL.
DOMINIQUE, vieux serviteur du Comte.
JOSEPH, domestique du Baron.
JOHN, domestique du Vicomte.
PLUSIEURS INVITÉS.

La scène se passe à Paris.

AYMAR
DE GRANVAL

ACTE PREMIER

Un petit salon avec portes latérales. Au fond, un grand salon de réception.

SCÈNE PREMIÈRE.

JOHN, LE VICOMTE DE BEAUCHATEAU. (*John range.*)

LE VICOMTE, *entrant, à John qui sort.*

John ! les musiciens sont-ils tous venus ?

JOHN.

Oui, monsieur.

LE VICOMTE.

Vous vous êtes acquitté de toutes les commissions que ma fille vous a données ?

JOHN.

Oui, monsieur.

LE VICOMTE.

C'est bien... allez... Quel tracas qu'une grande soirée! On craint d'abord que les invités ne viennent pas tous, et tous pourtant ne sont pas... bienvenus... Voyons, qui aurons-nous ? (*Il s'assied en parcourant une liste qui se trouve sur la table.)* Monsieur le marquis et madame la marquise de Granget, de vieux amis, ou plutôt des amis vieux... Monsieur le comte et madame la comtesse de Roiménil... ni vieux ni amis... Le comte et la comtesse de Morlat... mon oncle et ma tante... Monsieur le comte de Granval... Granval! Mais je ne connais pas... Ah! oui, c'est ce jeune homme que ma tante a fait inviter. J'ai dû céder aux sollicitations de Berthe, ma fille, qui, contre son habitude, a chaleureusement soutenu le protégé de monsieur de Morlat; nous le verrons... Monsieur le baron Paul de Rochefort... Naturellement! Mais il ne s'empresse pas de venir, mon futur gendre. C'est à son intention pourtant que je donne cette soirée. Il est temps que je presse son mariage avec ma fille. Certes, il m'en coûte de me séparer de Berthe, mon unique consolation depuis la mort de sa mère; mais puisque tôt ou tard il faut que je lui donne un mari, je n'en vois pas de plus convenable pour elle et pour moi. Oui, Paul de Rochefort, orphelin de père et de mère, hélas! mes meilleurs amis, doit devenir mon gendre, mon fils!... Berthe a toujours été une enfant soumise et obéissante; mais, parfois, elle a des éclairs de volonté qui m'effrayent. Son imagination rêve un mari comme il y en a peu... comme il n'y en a pas!... Heureusement que Paul se rapproche autant que possible de son idéal. Un caractère doux, aimable, aimant; ce sera un mari à genoux... Oui, il faut que ce mariage se fasse; car, depuis quelque temps, je m'aperçois que Berthe, qui était heureuse de recevoir les hommages de Paul, l'observe... le juge. Il faut en finir ce soir même. *(Il sonne.)* John, priez ma fille de venir ici à l'instant... Je ne ferai pas précisément violence à sa volonté, mais, enfin, il s'agit du bonheur de toute sa vie.

JOHN.

Voici mademoiselle, monsieur. *(Il sort. Berthe entre.)*

SCÈNE II.

LE VICOMTE, BERTHE.

LE VICOMTE.

Tu viens fort à propos, mon enfant, je te faisais demander. Écoute, ma fille, voilà le moment décisif qui approche; tu connais le but de cette soirée : j'ai donné ma parole au baron de Rochefort. Voilà trois mois que ce pauvre baron soupire. Vraiment, il faut que son amour soit bien chevaleresque pour avoir accepté tant de réponses dilatoires; car n'oubliez pas, mon enfant, que le baron est un charmant jeune homme qui porte un beau nom et qui a une jolie fortune. Il n'y a pas, dans tout le faubourg Saint-Germain, une jeune fille, si riche, si noble qu'elle soit, qui hésiterait...

BERTHE, *vivement*.

Je sais, mon cher père, que vous songez sans cesse à mon bonheur, et...

LE VICOMTE.

Certainement! Depuis la mort de ton excellente mère, je n'ai plus qu'une passion : te voir heureuse; si je doutais un instant du baron, s'il y avait la moindre tache sur son nom, je ne t'aurais jamais parlé de lui. D'ailleurs, tu es libre; je te propose ce mariage, mais ne te l'impose nullement. Tout ce que je te demande, c'est de prendre une résolution, de dire oui ou non; car, enfin, je ne puis laisser ce jeune homme dans un doute éternel. S'il faut lui faire subir un refus, mieux vaut aujourd'hui que demain. Je l'ai invité à notre soirée; il viendra avec sa sœur, ton amie. Il est convenu qu'il ne sortira pas d'ici sans une réponse décisive... Tu ne réponds pas?... Voyons, admettons que tu le refuses; quelles sont tes raisons? Épanche ton cœur dans celui de ton père... tu sais qu'il te cède toujours.

BERTHE.

Je ne refuse pas, mon père, mais je n'accepte pas non plus ; d'abord, je ne puis oublier certaine aventure avec la duchesse de Formont...

LE VICOMTE, *à part.*

Diable! (*Haut.*) Non, ma fille, non. Bruit de salon, voilà tout... Mais en supposant que cela fût, ce serait une raison de plus pour accueillir le baron ; car, enfin, il faut que ce jeune homme ait de grandes qualités pour avoir captivé une telle femme!

BERTHE.

Mais il l'a abandonnée au bout de quelques mois, mon père !

LE VICOMTE.

C'est qu'il vous a vue, ma fille, et que, dès lors, il a songé à quitter le chemin des aventures pour fixer son cœur ; car on a beau dire, on n'aime personne comme sa femme... quand on l'aime.

BERTHE.

Une femme, selon moi, ne saurait aimer un homme qui, déjà, a donné son cœur à une autre.

LE VICOMTE, *souriant.*

Ma bonne Berthe, cette parole est digne de ta pureté. Tu crois donc épouser un cœur tout neuf? tu crois donc faire une exception à la règle ?

BERTHE, *résolûment.*

Et pourquoi pas? Je voudrais un mari qui ne ressemblât pas à tout le monde, aussi noble, aussi chevaleresque que mon père !

LE VICOMTE.

Tu me flattes, mon enfant! Si j'ai été bon mari, c'est grâce à ta mère ; c'est elle qui, par sa sainte vertu, a su faire

de moi un mari fidèle et un père aimant. J'espère que le baron sera pour toi ce que j'ai été pour ta mère... D'abord, il
est la bonté même...

BERTHE.

Je crains qu'il ne soit trop bon; je le crois faible de
caractère.

LE VICOMTE.

Ma fille, prends garde ! Tu peux refuser le baron; mais, de
grâce, ne le calomnie pas. C'est bien le plus charmant jeune
homme que je connaisse. Voyons, tu me caches quelque
chose. Sois franche, tu sais que ton père t'aime trop pour te
faire des reproches; parle, dis-moi tout.

BERTHE.

Mon père, si j'aimais, je vous le dirais... Pourtant je dois
vous avouer... qu'il est... quelqu'un...

LE VICOMTE, *à part.*

Ah ! je m'en doutais... (*Haut.*) Poursuis, mon enfant.

BERTHE.

Un jeune gentilhomme que j'ai vu chez votre tante, la
vicomtesse de Morlat... Il vit seul avec ses livres et son vieux
domestique. Je ne sais s'il est beau, s'il est riche !... il ne m'a
adressé la parole qu'une ou deux fois; mais tout ce qu'il dit
me paraît si neuf, si en dehors du commun, si frappé au coin
de la sincérité... Toutes ces dames, du reste, parlent de lui en
son absence, et cherchent à l'entretenir quand il daigne paraître au salon. Il porte d'ailleurs un beau nom, et sa famille
est une famille d'élite...

LE VICOMTE, *l'interrompant.*

Et vous l'aimez? Eh bien ! si ce noble inconnu, ce héros
de roman peut faire votre bonheur, je ne m'y oppose pas.

BERTHE.

Vous êtes sévère... Si je l'aimais, j'aurais refusé, il y a

longtemps, le baron de Rochefort, et je vous aurais dit :
Mon père, j'aime le comte Aymar de Granval; mais je le
connais à peine... Maintenant, tout ce que je vous demande,
c'est de le voir, de le juger sans prévention. Après, nous
déciderons à nous deux.

LE VICOMTE.

C'est donc ce jeune... chevalier que tu m'as fait inviter
pour ce soir ? Je trouve son nom sur ma liste.

BERTHE.

Oui, mon père, sur la prière de votre tante.

LE VICOMTE, *à part.*

Oui, oui... ma tante.

BERTHE.

Je suis sûre qu'il viendra. Parlez-lui. D'avance je me
soumets à votre décision. Je ne saurais jamais vous dés-
obéir.

LE VICOMTE, *à part.*

Je crois bien ! Je fais toujours ce qu'elle veut.

UN DOMESTIQUE.

Il y a, dans le salon, une personne qui désire parler seule
à monsieur le vicomte.

LE VICOMTE.

Éloigne-toi, ma fille, je songerai à ce que tu viens de me
dire ; mais promets-moi de te décider ce soir même.

BERTHE.

Je le promets, mon père. (*Elle lui présente le front et
s'éloigne par la porte à gauche.*)

LE VICOMTE, *au domestique.*

Faites entrer. (*Le domestique sort. — Seul.*) Diable !
mais... c'est qu'elle me met au pied du mur. N'importe, je

m'arrangerai pour qu'elle épouse ce cher baron; c'est le mari qu'il lui faut. Ce pauvre garçon, il en mourrait!

LE DOMESTIQUE.

Monsieur le comte de Granval.

SCÈNE III.

LE VICOMTE, LE COMTE.

LE COMTE.

Monsieur le vicomte, je vous demande pardon de devancer l'heure de votre aimable invitation. Je désire avoir l'honneur de vous entretenir en particulier.

LE VICOMTE, *lui présentant un siége.*

Parlez, monsieur le comte, nous sommes seuls.

LE COMTE.

La démarche que je vais faire vous paraîtra étrange; mais si étrange qu'elle puisse vous paraître, il est de mon devoir de la faire : vous avez bien voulu m'inviter à votre soirée, bien que je n'aie pas l'honneur d'être connu de vous. Oserais-je vous demander par quelle entremise obligeante mon nom figure parmi vos nobles hôtes de ce soir?

LE VICOMTE.

Monsieur le comte, je serai aussi franc que vous ; vous savez que mon salon est ouvert à toutes les sommités sociales, à tous les artistes, à tous les hommes de cœur et de tête. Tenez, monsieur, voici la liste des invités. Tous ne me sont pas connus, mais je suis fier d'être l'ami de quelques-uns d'entre eux. Un de ces amis, sans doute, m'a prié de vous inviter en ajoutant que je pourrais être flatté de vous posséder. Parcourez, s'il vous plaît, cette liste, vous y reconnaîtrez celui qui a bien voulu me faire l'honneur de vous écrire en mon nom.

LE COMTE, *parcourant la liste.*

Je devine ! c'est mon ami le baron de Rochefort.

LE VICOMTE, *à part.*

Son ami ! (*Haut.*) Vous connaissez le baron de Rochefort ?

LE COMTE.

Durant dix années nous ne nous sommes pas quittés un jour ; nous avons fait toutes nos études ensemble ; nous nous aimons comme des frères.

LE VICOMTE.

Et vous vous voyez souvent, sans doute ?

LE COMTE.

Pardonnez-moi. Nous ne nous sommes pas vus depuis un an. Le baron a probablement profité de votre soirée pour me procurer le plaisir de le revoir, et je vous en remercie d'avance.

LE VICOMTE.

Serait-ce une indiscrétion de vous demander la cause de cette séparation après dix années d'amitié non interrompue ?

LE COMTE.

Mon Dieu, non ! Tout Paris la connaît : une liaison, un scandale... Le baron ne m'a point écouté ; j'ai mieux aimé renoncer à l'amitié que de tolérer une action que je considère comme un crime !

LE VICOMTE, *le regardant après un silence.*

Vous êtes un ami sévère. D'après ce que j'ai entendu dire de cet événement, ce n'était qu'une étourderie de jeune homme, un caprice ; il faut bien que jeunesse se passe.

LE COMTE.

Croyez-vous qu'il aurait bien passé sa jeunesse s'il vous eût enlevé votre femme ? Pardonnez-moi, monsieur, mais j'ai des sentiments et des principes qui, par le temps qui court, vous paraîtront étranges… arriérés. Pour n'y point manquer, voici ce que j'ai dit à mon ami : Tu aimes la femme d'autrui, il faut vaincre ce sentiment ; le temps et l'absence guérissent toutes les passions ; viens avec moi, éloigne-toi, fuis. Tu crois ne pouvoir vivre sans cette femme, c'est comme si tu disais : Il me faut la fortune de mon voisin ; il l'emploie mal, j'en ferais un meilleur usage… Tôt ou tard, la justice divine se vengera de toi… Pardon, monsieur le vicomte, je crois en Dieu et en sa justice… Au bout d'un certain temps, tu préféreras une amie à une maîtresse, tu voudras te marier, tu te marieras, et puis d'autres trouveront que cette fortune pourrait être en de meilleures mains… Mais, monsieur, je vous ennuie avec mes principes de l'autre monde ; ce n'est d'ailleurs pas pour vous dire ces choses-là que je suis venu ici.

LE VICOMTE.

Vous m'étonnez un peu, mais vous ne m'ennuyez nullement. Après tout, vous ne garderez pas rancune à ce brave baron pour avoir été aimé de la plus jolie femme de Paris ; on peut croire en Dieu et porter envie à ce jeune homme. Tenez, monsieur le comte, je vous avouerai que j'ai commis le péché de votre ami ; eh bien ! j'ai eu une femme exemplaire.

LE COMTE.

Je le sais. Mais laissons cela. Monsieur le vicomte, je dois vous dire le motif qui m'amène ici : que ce soit mon ami le baron ou un autre qui m'ait fait l'honneur de m'inviter, peu importe ; on doit vous avoir dit que je vais rarement dans le monde, non que je sois misanthrope ou mélancolique, je ne m'ennuie jamais ; seulement, les amusements du monde ne sont pas toujours les miens. J'aime l'amitié. J'ai perdu ma mère, une épouse seule peut me la faire oublier. Donc, j'aimerai l'amour ! J'ai rencontré mademoiselle votre fille chez une de ses parentes, et j'y suis retourné pour la revoir. Je l'ai jugée, je l'ai appréciée ; elle a beaucoup des qualités de sa mère, qui était une sainte ; pourtant j'ai cru m'apercevoir que mademoiselle de Beauchâteau aime, comme son père, à railler certains principes politiques et même religieux qu'elle déclare décrépits de vieillesse, et qui, permettez-moi de vous le dire, ne sont devenus vieux que parce qu'ils sont bons ; mais je compte bien lui en montrer l'excellence par ma conduite, et je ne désespère pas de me faire aimer d'elle, si, toutefois, ma demande vous agrée, et d'en faire, malgré ces légers défauts, une épouse accomplie.

LE VICOMTE.

J'estime et j'honore, monsieur, votre franchise ; veuillez donc me pardonner la mienne et me permettre de vous traduire en langue vulgaire... (*Il se lève.*) Vous me demandez ma fille en mariage. Je suis flatté de votre recherche ; ma fille est jolie, jeune, riche ; bref, elle est un assez beau parti. A votre place, j'agirais comme vous faites. Je ne vous refuse pas ; c'est à mademoiselle de Beauchâteau à choisir ; mais, la main sur le cœur, ne l'auriez-vous pas demandée alors même que sa mère n'eût pas été un exemple de vertu et de grandeur d'âme ?

LE COMTE.

Ma démarche doit vous prouver ma sincérité. Je savais votre fille maîtresse de son cœur, j'aurais donc pu lui faire ma cour, m'insinuer auprès d'elle... car je sais flatter, c'est si facile : on n'a qu'à mentir... et puis, vous imposer ma volonté. Or, je n'ai parlé à mademoiselle de Beauchâteau que pour l'entendre. Je viens ici vous révéler le secret de mon cœur. Que jamais elle n'en apprenne un mot si cette union vous déplaît. Je n'ai pas même voulu passer la soirée ici, sans vous faire part de mes intentions. J'ajoute, monsieur le vicomte, que ma fortune me permet de me passer de dot. Il y a déjà quelques jours que je voulais faire cette démarche ; si j'ai tardé jusqu'à présent, c'est que je redoutais en vous ce scepticisme, cet esprit railleur qui ne croit à rien , et qui se moque de tout. L'invitation que j'ai reçue a précipité ma résolution, et je me félicite d'avoir vaincu mes répugnances, car je suis heureux de voir que le cœur, chez vous , vaut mieux que le langage.

LE VICOMTE.

Vous êtes bien bon de m'absoudre.. (*A part.*) Il est charmant ce monsieur.

LE COMTE.

Je serais désolé de vous avoir offensé. Telle n'était pas mon intention ; mais je ne commencerai pas par déguiser mon opinion et mon jugement pour gagner votre amitié et obtenir votre fille.

LE VICOMTE, *à part.*

C'est, je le vois, quelque chevalier... d'hypocrisie, qui voudrait me tartufier et ma fille et ma fortune.

LE DOMESTIQUE, *annonçant.*

Monsieur le baron et mademoiselle Blanche de Rochefort.

SCÈNE IV.

LE VICOMTE , LE COMTE , LE BARON , BLANCHE.

PAUL.

Bonjour, mon cher vicomte; vous voyez, je devance l'heure pour vous serrer la main plus tôt !.. Que vois-je? Aymar, mon ami ! (*Ils s'embrassent.*)

BLANCHE, *à part.*

Aymar ! cet ami qui l'a sauvé, qui nous l'a rendu !

PAUL, *au vicomte.*

Pardon, c'est mon ami d'enfance, que je n'ai pas vu depuis un an.

LE VICOMTE, *emmenant Blanche.*

Venez, mademoiselle, je vais vous conduire chez ma fille qui vous attend. Laissons ces deux amis un instant seuls, ils doivent avoir bien des choses à se dire ! (*A part.*) Sans compter celles qu'ils ne se diront pas. (*Blanche se laisse entraîner non sans regarder Aymar.*)

SCÈNE V.

PAUL, AYMAR.

PAUL.

Que je suis heureux de te revoir ! Depuis onze mois que tu fuis ma présence, il me manque, pour ainsi dire, mon âme. Ne me fais pas de reproches sur ma faiblesse, j'expie assez la faute d'avoir négligé tes conseils.

AYMAR.

Il me semble, mon ami, que ton expiation ne t'a fait ni maigrir ni vieillir. Tu es plus jeune que jamais.

PAUL.

Oh ! ne m'en parle pas. Tu ne sais pas ce que j'ai souffert. A peine hors de Paris, le démon de la jalousie s'est emparé de ma belle duchesse ; elle ne me quitta pas un instant.

AYMAR.

Tu te plains donc d'avoir été aimé ! Tu me disais autre-fois que c'était le plus grand bonheur.

PAUL.

Oui, quand c'est un bonheur. Je commence à croire qu'à force d'être aimé on finit par haïr l'amour. En un mot, je n'étais plus un homme libre, mais un esclave sous les ordres d'une maîtresse qui me dictait sa volonté.

AYMAR.

Comment ! puisqu'elle t'aimait, c'était à elle de se sacrifier.

PAUL.

Oh ! alors, elle ne m'a jamais aimé. C'étaient des colères, des scènes, des attaques de nerfs... Sais-tu ce que c'est qu'une attaque de nerfs... avec des étouffements ?... Sans compter que j'allais me ruiner ; car ces femmes riches coûtent bien cher. Bref, un beau matin... dis donc, toi, qui m'as toujours reproché d'être sans initiative, je n'en ai pourtant pas manqué dans cette occasion... un beau matin, me rappelant tes principes, je l'ai quittée en lui écrivant une lettre... Oh ! mais une lettre... ah !... et me voilà tout seul et ton ami comme toujours !

AYMAR.

Maintenant, dis-moi, crois-tu l'avoir jamais aimée ? Un amour vrai agit-il ainsi ?

PAUL.

En scrutant bien mon cœur, je crois découvrir que je n'ai jamais eu pour elle un sentiment bien profond ; je t'avouerai même que l'orgueil, la satisfaction d'occuper de moi tout Paris, a beaucoup contribué à un acte que je blâme, que je condamne et dont je me repens sincèrement. Non, mon ami, jusqu'à présent, je n'ai jamais aimé.

AYMAR.

Comment, jusqu'à présent ! Tu crois donc aimer maintenant ?

PAUL.

Oh ! si ce n'est de l'amour ce que je sens là, il n'y en a jamais eu ! Oui, mon ami, j'aime pour la première fois, non pas seulement du cœur ou de la tête, mais de tout mon être. Je me fais l'effet d'une branche verte qui, ayant pris feu tan-

tôt à droite, tantôt à gauche, s'allume graduellement et sou-
dain se met à flamber.

AYMAR.

Sais-tu comment s'appelle cette branche verte ? une bûche.

PAUL.

Tu plaisantes donc toujours ? Tu n'aimeras donc jamais ?
Eh bien ! je parie que, malgré tes airs stoïques, tu ne reste-
ras pas froid en présence de la jeune fille que j'aime, et
qui, grâce à Dieu, sera bientôt ma femme ; car j'ai déjà le consentement du père.

AYMAR.

Et cette personne si irrésistible, comment s'appelle-t-elle ?

PAUL.

C'est Berthe de Beauchâteau, la fille de notre cher hôte.
Ce soir même, elle doit me donner sa parole.

AYMAR, *à part.*

Sa parole !... Me serais-je trompé ?

PAUL.

Il ne me manquait, pour compléter mon bonheur, que ta
présence et ta vieille amitié.

AYMARD, *après une pause.*

Mon cher Paul, je suis désolé de ne pas pouvoir répondre
au chaleureux appel de ton cœur ; mais connaissant mademoiselle de Beauchâteau... (*d'un ton sévère*) je te défends de
l'épouser.

PAUL.

Qu'est-ce à dire ? Quand un homme aussi loyal que toi pro-
nonce un tel mot, il doit avoir de graves motifs. N'est-elle pas
digne de devenir la femme d'un honnête homme ?

AYMAR.

Je ne connais rien qui puisse ternir la réputation pure et

intacte de mademoiselle Berthe; mais ce mariage ferait ton malheur et le sien.

PAUL, *stupéfait.*

Et pourquoi? Voyons, dis-moi, l'épouserais-tu si tu l'aimais ?

AYMAR.

Je viens de la demander en mariage.

PAUL.

Toi!... Tu commences à m'inquiéter. Tel que je te connais, ce n'est certes pas dans le but de l'épouser que tu me dissuades de cette union.

AYMAR, *lui serrant la main.*

Tu me rends justice. Dailleurs, son père vient de me la refuser, et je n'épouserais jamais une fille qui consentirait à devenir ma femme sans l'aveu de ses parents. Si je n'avais pas eu le bonheur de te rencontrer, j'aurais déjà quitté cette maison sans même présenter mes hommages à mademoiselle Berthe.

PAUL.

Mais, enfin, me diras-tu pourquoi ce mariage ferait son malheur et le mien ?

AYMAR.

Ecoute, Paul, je serai bref. Tu conviendras que tout ce que je t'ai prédit de la duchesse est arrivé presque à la lettre : il en sera de même de ce mariage. Tu es un noble cœur, mais, quoi que tu dises, un peu faible de caractère. Non-seulement tu serais furieusement jaloux d'une femme que tu aimerais, mais l'amour ne t'engagerait même pas à lui rester fidèle.

PAUL.

Tu es sévère...

AYMAR.

Or, je suppose qu'en épousant Berthe de Beauchâteau, tu

as bien réfléchi sur les devoirs du mariage. Ce n'est point un caprice, tu veux former un lien éternel. Tu espères trouver en elle une fidélité à toute épreuve !

PAUL.

Certainement.

AYMAR.

Eh bien ! c'est là où j'en veux venir.

PAUL.

Tu crois donc...

AYMAR.

Il y a trois raisons pour qu'une femme ne trompe pas son mari : la première... la meilleure.... c'est l'amour de Dieu ! Bien peu d'hommes, en effet, méritent qu'une femme soit fidèle pour l'amour d'eux. La seconde... c'est qu'elle l'aime ; car pour qu'une femme n'aime point celui-ci, il faut qu'elle aime celui-là. La troisième, c'est qu'elle respecte en lui une supériorité. Or, sur ces trois chances, je n'en vois aucune pour toi... Primo, Berthe est charmante, spirituelle, mais elle ne croit à rien. Secundo, tu n'as aucune preuve qu'elle t'aime ; moi, je prétends qu'elle ne t'aime pas. Tertio, elle n'admettra jamais ta supériorité.

PAUL.

Mais, en vérité, tu me flattes ! Du reste, je comprends... Tu te dis : Moi, je ferais d'elle une femme exemplaire ; elle m'aimerait, elle me respecterait ; tandis que toi, c'est-à-dire, moi... Sais-tu que tu ne te dis pas de sottises !... Et pourquoi ne m'aimerait-elle pas ? Sans être un fat, ce serait la première femme à laquelle je voudrais plaire qui refuserait mes hommages.

AYMAR.

Si une seule de ces raisons se présente dans ce mariage, je n'ai rien dit. D'ailleurs, mon ami, je ne suis point infaillible : j'ai cru de mon devoir de te dire toute ma pensée ; mais je ne t'impose nullement ma volonté. Si j'avais été d'un avis contraire, je te l'aurais dit avec la même franchise. Adieu, Paul, je n'ai plus rien à faire ici.

PAUL.

Et moi, je veux que tu restes. Voyons, si, chose impossible, selon toi... elle me donnait une preuve d'amour ?

AYMAR.

Ami, je vois bien que tu aimes, je rétracte ma parole. Je signerai à ton contrat.

PAUL.

Et moi, je veux la mettre à l'épreuve, et à l'instant même ! Oh ! tu n'as pas, seul, le privilége de l'énergie et de la volonté, et je saurais, au besoin, vaincre ma passion !... Voici son père qui revient. Tu verras que je ne suis pas pour rien ton ami.

AYMAR, à part.

J'ai eu tort de le mettre au défi, il l'aime. Pourtant ce que j'ai dit n'est que trop vrai. (*Pendant ce dialogue le salon du fond s'est rempli de monde... On entend de la musique.*)

SCÈNE VI.

Les Mêmes, LE VICOMTE, avec BERTHE et BLANCHE.

LE VICOMTE.

Eh bien ! messieurs, on commence à danser. (*Paul fait un mouvement en arrière et évite le regard du vicomte.*)

AYMAR, à Mlle de Beauchâteau.

Mademoiselle, pardonnez-moi d'avoir tardé si longtemps à vous présenter mes hommages respectueux. J'ai eu le bonheur de rencontrer ici mon excellent ami, le baron Paul de Rochefort. L'amitié l'a emporté sur la civilité.

BERTHE, *ne s'apercevant nullement du maintien froid
de Paul.*

Je vous remercie, monsieur le comte, d'être venu et d'avoir
fait une exception pour nous. (*Au vicomte.*) Mon père, voici
le comté de Granval, avec qui j'ai eu quelquefois l'honneur
de discuter dans le salon de votre tante, qui en fait le plus
grand cas.

AYMAR.

Vous me flattez, mademoiselle.

BERTHE.

S'il est vrai que je flatte, ce n'est pas de vous que je l'ai
appris. (*Au vicomte.*) Monsieur de Granval est une de ces
rares exceptions, avare de compliments, prodigue de vérités !

LE VICOMTE, *à part.*

J'en sais quelque chose. (*Haut.*) Cette conduite peut être
d'un sage comme d'un égoïste. (*A part.*) Mais qu'a donc
Paul ?

AYMAR.

En effet, la sagesse frise parfois l'égoïsme.

BLANCHE, *à Paul.*

Mais qu'as-tu donc, mon frère ? Tu es tout triste, tu n'in-
vites donc pas Berthe ?

LE VICOMTE, *à Aymar.*

Monsieur le comte, vous qui expliquez tout, dites-moi,
un homme qui danse, danse-t-il par égoïsme ou par dévouement ?

AYMAR.

Montaigne dit : « Que sais-je ? » et Rabelais : « Peut-être ! »

LE VICOMTE, *à part, observant Paul.*

Mais que s'est-il donc passé entre Paul et son ami ?

PAUL, *à sa sœur.*

Regarde bien ce jeune homme.

BLANCHE, *avec émotion.*

Eh bien?

PAUL.

Ce sera ton mari.

BLANCHE.

Mon mari!

PAUL.

Oui, tâche de lui plaire.

BLANCHE, *à part.*

Oh! mon Dieu!

LE VICOMTE, *à sa fille.*

Ma fille, m'accorderez-vous l'honneur de la première contredanse? Ces jeunes chevaliers, il paraît, ne dansent plus.

PAUL, *à part.*

Elle ne m'a pas même regardé; mais j'irai jusqu'au bout.

AYMAR, *à Paul.*

Ne fais pas l'entêté, elle est ravissante.

PAUL, *à Aymar qui se dirige vers Mlle de Beauchâteau.*

Non, prends le bras de ma sœur.

LE VICOMTE, *regardant tour à tour Paul et Aymar,*
à part.

Décidément, il y a eu quelque chose... je le saurai. (*Il prend le bras de sa fille et sort suivi d'Aymar, qui donne le bras à Mlle de Rochefort.*)

SCÈNE VII.

PAUL, *seul.*

Ah ! je suis le plus malheureux des hommes ! Oui, il y a du vrai dans ce qu'Aymar vient de me dire. Voilà trois mois qu'elle hésite. Elle ne s'est pas même aperçue de ma froideur, de ma contrainte. Et pourtant, mon amour pour elle est si sincère, que si jamais il fallait y renoncer... Oh ! en y pensant seulement, je sens ma raison s'égarer... j'en mourrai ! et j'ai ri des pleurs de la pauvre duchesse ! Elle est bien vengée !

SCÈNE VIII.

PAUL, LE VICOMTE, *revenant du salon.*

LE VICOMTE.

Monsieur Paul, j'ai cédé Berthe à son oncle pour venir ici vous parler. Que se passe-t-il ? Que s'est-il passé entre vous et votre ami ? Vous n'êtes plus le même. Voilà trois mois que vous me parlez de votre amour pour ma fille. Vous avez toujours été, je vous rends cette justice, d'une politesse et d'une convenance irréprochables envers Berthe. Ce soir même, je croyais annoncer à mes amis votre union avec elle. Vous étiez tout joyeux en entrant ici, et je vous vois triste, découragé, muet. Seriez-vous souffrant ? Parlez, de grâce !

PAUL.

Souffrant, non, mais malheureux.

LE VICOMTE.

Malheureux ! et de quoi ? Comment ! vous touchez au but, vous êtes sur le point de réaliser le rêve d'une année, et vous vous dites malheureux ! Car, enfin, vous savez combien je vous estime ; je vous ai donné mon consentement, et celui de ma fille ne se fera pas attendre.

PAUL.

En avez-vous jamais douté?

LE VICOMTE.

Il ne faudrait que deux ou trois scènes comme celle qui vient de se passer pour arriver à un dénoûment tout contraire. Berthe n'aime pas les boudeurs, et, franchement, ni moi non plus.

PAUL, *saisissant l'occasion offerte.*

Eh bien! alors, rompons tout de suite! (*A part.*) Nous allons voir.

LE VICOMTE.

Qu'est-ce à dire? Quel langage! Vous ne dites pas ce que vous pensez. Vous aimez ma fille, j'en suis convaincu. D'ailleurs, monsieur le baron, je ne suis pas homme à supporter vos caprices. M'avez-vous, oui ou non, demandé et redemandé ma fille en mariage?

PAUL.

Oui, monsieur.

LE VICOMTE.

Et maintenant?

PAUL.

J'y renonce. (*A part.*) Je l'aime plus que jamais.

LE VICOMTE.

Je ne vous impose nullement ma fille, monsieur ; vous lui rendrez cette justice que voilà longtemps qu'elle se fait prier. Rompez, partez, je n'ai rien à dire ; mais votre honneur et le mien exigent une explication franche et loyale.

PAUL.

Vous avez raison, et je n'hésite pas à vous la donner. Mon ami Aymar de Granval me dissuade de cette union, et,

3

voyez-vous, celui-là ne se trompe jamais. Les raisons qu'il m'a alléguées contre ce mariage sont puisées dans sa profonde connaissance du cœur humain.

LE VICOMTE, *à part.*

Ah! je devine! le tartufe! (*Haut.*) Et que diriez-vous si votre ami épousait ma fille?

PAUL.

Je dirais qu'il fait bien.

LE VICOMTE.

Paul, votre ami vous a jadis sauvé la vie, je le sais; de là cette confiance aveugle dans ses moindres paroles. Mais moi, qui suis moins croyant, je n'accepte nullement votre renonciation; et quant à ma fille, je suis convaincu qu'elle vous aime.

PAUL.

Vous en êtes sûr? (*A part.*) O bonheur! (*Haut.*) Eh bien! dès qu'elle m'aime, mon ami ne trouve plus rien à objecter.

LE VICOMTE.

Mais enfin, que peut-il vous avoir dit?

PAUL.

Que sais-je, moi? Il m'éblouit; il m'a dit qu'une femme n'était fidèle à son mari que pour certaines raisons que j'ai toutes oubliées.

LE VICOMTE, *à part.*

L'insolent! (*Haut.*) Et vous l'avez écouté jusqu'au bout?

PAUL.

Ce n'est pas mademoiselle Berthe qu'il accuse. Il prétend que, s'il l'épousait, elle deviendrait le modèle des femmes, et qu'il l'épouserait de grand cœur.

LE VICOMTE.

Vraiment! (*A part.*) Quel serpent! (*Haut.*) Mais il est ado-

rable, monsieur votre ami. Et vous n'avez pas éclaté de rire ?
Car, enfin, Berthe le refuse, et c'est vous qu'elle choisit, je
vous en réponds. Mais, avant, je dirai un mot à ce Basile qui,
dans ma maison même, ose calomnier ma fille.

PAUL.

Au nom du ciel, qu'allez-vous faire ?

LE VICOMTE.

Suivez-moi, vous le verrez.

PAUL.

Ici, dans votre maison ! Non, vous ne me causerez pas
cette douleur. J'exige, au contraire, de votre urbanité, que
vous ne lui adressiez pas la parole avant que je lui aie fait
part de notre conversation. D'ailleurs, vicomte, Aymar ne
craint ni colère, ni menaces. Laissez-moi lui parler, et dès
que votre fille daigne me choisir, mon ami, je vous assure,
sera heureux de mon bonheur.

LE VICOMTE, à part.

O amitié ! (Haut.) Vous êtes un noble jeune homme.
(Dans ce moment, Aymar reparaît à la porte du salon
avec Mlle Berthe de Beauchâteau, qui va au-devant de son
père. — Paul prend le bras d'Aymar et s'éloigne.)

SCÈNE IX.

LE VICOMTE, BERTHE.

BERTHE.

Mon père, j'ai à vous parler.

LE VICOMTE.

Et moi aussi j'ai à t'entretenir.

BERTHE.

Tout à l'heure, mon père, vous m'avez promis de me laisser
libre dans mon choix.

LE VICOMTE.

Sans doute, ma fille, pour peu que ce choix s'accorde avec votre nom et votre honneur.

BERTHE.

Sur ces points, je crois être aussi susceptible que vous-même. Voyons, avez-vous quelque chose à dire contre monsieur Aymar de Granval?

LE VICOMTE.

Rien, quant à moi; il ne m'a jamais calomnié. Mais si j'étais Berthe de Beauchâteau, je le prierais, avec tous les égards possibles, de ne plus jamais reparaître dans mon salon.

BERTHE.

Mon père, quoi qu'on ait pu vous dire, je n'en crois rien. Le comte est un homme d'honneur, mais il a des ennemis; c'est un homme de valeur. Quant au baron, celui-là n'a que des amis.

LE VICOMTE.

Excepté toutefois le comte Aymar.

BERTHE.

Mais c'est son ami d'enfance! monsieur Paul parle de lui avec admiration.

LE VICOMTE.

C'est que le baron de Rochefort est le type de la générosité et du dévouement; il ne connaît point le mal, c'est pour cela qu'il n'y croit pas. Mais si je te disais que, ce soir même, le comte a fait tout son possible pour détourner son ami de ce mariage. N'as-tu pas vu combien Paul en était malheureux, car il t'adore; il donnerait sa vie pour toi.

BERTHE, *joyeuse*.

Vous dites que le comte a engagé le baron à renoncer à ma main?

LE VICOMTE.

Cela paraît te réjouir; mais ne t'imagine pas que ce soit

pour tes beaux yeux, mon enfant; car il me semble que l'on n'aime pas une femme que l'on calomnie.

BERTHE.

C'est impossible! Je vous répète, mon père, que le comte de Granval est incapable de calomnier qui que ce soit.

LE VICOMTE, *impatient.*

Mais sache donc qu'il prétend que tu serais... une femme... peu classique, qui ferait beaucoup parler d'elle. Mon Dieu! je ne sais pas si c'est du mal, c'est peut-être de la franchise, de la passion, du vrai; mais il l'a dit, et encore avec beaucoup moins de ménagements.

BERTHE.

Mon père...

LE VICOMTE, *de même.*

Et c'est cet homme que tu allais me demander pour mari.

BERTHE.

Et qu'avez-vous répondu?

LE VICOMTE.

Moi, j'allais lui couper la gorge, ou du moins lui faire un affront; mais Paul m'en a empêché. Oh! celui-là est vraiment noble et grand! Un instant il s'est laissé abattre; mais cela n'a pas duré longtemps, et malgré les calomnies de ce faux ami, il m'a de nouveau prié de mettre à tes pieds et sa fortune et sa vie. Je lui ai tout promis. En attendant, comme il n'hésitera pas à sacrifier son amitié à son amour, il est allé demander des explications au comte.

BERTHE.

Un duel, et pour moi! Allez, mon père, courez, amenez-moi tout de suite...

LE VICOMTE.

Le baron!

BERTHE.

Non, monsieur de Granval.

3.

LE VICOMTE.

C'est donc un parti pris?

BERTHE.

Non, mon père, je veux lui parler moi-même, le confondre, le faire rougir... Promettez-moi de le conduire ici à l'instant. Vous épargnerez à moi une honte, à Paul un crime peut-être. Si la moitié de ce que vous me dites se trouve avoir été dit, je vous autorise à annoncer, ce soir même, mon mariage avec le baron.

LE VICOMTE, l'embrassant sur le front.

Tu es un ange. (Il sort.)

SCÈNE X.

BERTHE, seule et fébrile.

Je n'en puis revenir! Serait-ce une intrigue ourdie entre mon père et le baron? Oh! non!... Je veux parler au comte; à mon âge et privée de ma mère, hélas! il doit m'être bien permis de veiller moi-même sur ma destinée. Le comte est la franchise, la loyauté même; il ne peut mentir. Voyons ce qu'il pense de moi... Il n'est donc point de bonheur sur cette terre! Je suis jeune, riche et belle, dit-on; eh bien! mon destin veut que je sois indifférente pour tous ceux qui m'aiment. J'ai beau leur dire que je ne les aime pas, ils ne me croient pas... et le seul homme auquel je voudrais plaire croit précisément tout ce que je lui dis, et je puis tout lui dire, excepté que je l'aime. Oh! si les hommes savaient lire entre deux paroles!

SCÈNE XI.

AYMAR, BERTHE.

AYMAR, à part.

Je devais... je ne voulais plus la revoir. (Haut.) Mademoiselle, votre père vient de me dire que vous désirez me parler. J'accours pour me mettre à vos ordres.

BERTHE, *jouant de l'éventail.*

En effet, monsieur, j'ai à vous remercier du vif intérêt que vous prenez à mon sort et à celui de votre ami.

AYMAR, *à part.*

Paul a parlé. (*Haut.*) Il y a un quart d'heure, mademoiselle, j'aurais reçu ces remercîments avec reconnaissance, avec bonheur. Dans ce moment, hélas! je les subis comme l'expiation d'une grande franchise.

BERTHE.

Vous avez besoin de pardon, vous en convenez?

AYMAR.

Je n'ai besoin que d'oubli. Veuillez croire, mademoiselle, que les conseils que j'ai donnés à mon ami ne prennent leur source dans aucun sentiment d'égoïsme.

BERTHE, *après un silence.*

Je sais bien qu'en votre qualité d'ami, de sauveur de monsieur Paul, vous avez le droit de lui donner certains conseils; mais encore faut-il qu'ils soient fondés sur des faits, sur des raisons et non sur des insinuations... prophétiques.

AYMAR.

Je suis désolé de vous avoir déplu ; mais je ne nie pas...

BERTHE.

Ainsi donc, vous lui avez dit...

AYMAR.

Que ce mariage ferait son malheur et le vôtre. (*A part.*) J'ai brûlé mes vaisseaux.

BERTHE.

En vérité, vous êtes d'une sollicitude on ne peut plus gracieuse.

AYMAR.

Mademoiselle, croyez-moi, je suis tout à fait hors de cause. Je sors de cette maison avec des idées..... tout autres que celles que je nourrissais en y entrant. Vous me rendrez justice plus tard ; mais il est vrai que, consulté par mon ami sur cette union, je veux dire sur son amour, car il vous adore, j'ai eu la franchise, ou si vous aimez mieux, le tort de l'en dissuader un instant.

BERTHE.

Eh bien ! j'attends de votre loyauté que vous me répétiez. les raisons que cet instant vous a suggérées.

AYMAR.

Ces raisons sont multiples et complexes.

BERTHE, *à part.*

Oh ! il ne m'a jamais aimée ! (*Haut.*) Je croyais qu'il n'y en avait qu'une.

AYMAR.

Soit ! vous n'aimez pas le baron ?

BERTHE, *joyeuse.*

Qu'en savez-vous ? Vous croyez donc que j'en aime un autre ?

AYMAR, *à part.*

Allons ! puisqu'elle est perdue pour moi... (*Haut.*) Que vous en *aimerez* un autre.

BERTHE, *à part.*

C'en est trop ! (*Haut.*) Et vous avez osé dire cela à votre ami, à mon fiancé ? Car, apprenez, monsieur le prophète, vous qui prétendez connaître si bien le cœur humain, que j'aime monsieur de Rochefort depuis six mois, et que je vais être sa femme.

AYMAR.

Je l'ai dit ; mais je suis enchanté de m'être trompé, et je

vous remercie de m'avoir procuré l'occasion de vous en demander pardon. Je vais, de ce pas, chercher Paul et lui annoncer son bonheur.

SCÈNE XII.

LES MÊMES, PAUL.

PAUL, *entrant précipitamment.*

Mon ami, mademoiselle, pardon... j'avais promis d'attendre mon arrêt ; mais chaque minute me paraît un siècle. Si c'est un arrêt de mort, si elle ne m'aime pas, que je l'apprenne du moins de sa bouche. La mort même, donnée par cette bouche divine, doit être douce.

AYMAR, *à Paul.*

Mon ami, j'ai blasphémé... elle t'aime !

PAUL, *tombant aux genoux de Berthe.*

Pardonnez, mademoiselle, un instant de doute et d'égarement. Vous me voyez à vos pieds. Daignez seulement accepter mon cœur, ma vie tout entière, et disposez-en selon votre volonté.

BERTHE, *lui présentant la main d'une voix étouffée.*

J'accepte. (*Aymar sort après un profond silence.*)

SCÈNE XIII.

LES MÊMES, LE VICOMTE, BLANCHE, PLUSIEURS INVITÉS.

LE VICOMTE, *le voyant sortir, à part.*

Très-bien ! (*Aux invités.*) Messieurs et mesdames, j'ai l'honneur de vous annoncer que Berthe, ma fille, est promise à monsieur le baron Paul de Rochefort.

FIN DU PREMIER ACTE.

ACTE DEUXIÈME

Un salon dans la maison du baron de Rochefort. Une porte au fond.
Une porte latérale à gauche et deux à droite.

SCÈNE PREMIÈRE.

BLANCHE, *puis* JOSEPH.

(*Blanche est assise, sa broderie est tombée sur ses genoux;
elle est pensive; elle porte son mouchoir à ses yeux, puis
reprend vivement son travail comme pour secouer ses
pensées. Elle regarde de temps en temps la porte où se
trouve son frère.*)

BLANCHE, *écoutant à la porte de son frère.*

Allons, encore une querelle... et à peine six mois de mariage... Qui l'eût prévu le jour de leurs fiançailles !... Ils pa-
raissaient si contents !... Et moi aussi, j'étais heureuse, car
mon frère venait de me dire : Regarde-le, il sera ton mari.
(*Elle pleure.*) Il y a de cela six longs mois, et depuis, monsieur de Granval n'est plus venu ici. Que s'est-il passé entre
lui et mon frère? Oh ! je suis bien à plaindre.

JOSEPH.

Mademoiselle, le domestique de monsieur le comte de
Granval demande à parler à monsieur ou à madame. Faut-il
le faire entrer?

BLANCHE.

Oui, Joseph. (*Le domestique sort.*) Il m'apprendra peut-être
la cause de cette réclusion volontaire.

SCÈNE II.

BERTHE, DOMINIQUE.

DOMINIQUE.

Mille pardons, madame, si je vous importune. Je suis le vieux Dominique de monsieur le comte Aymard de Granval. Voilà trente-cinq ans que je suis dans sa maison. J'ai vu naître ce cher comte, je l'ai élevé, et depuis qu'il est grand, je ne l'ai pas quitté un instant.

BERTHE.

Asseyez-vous, mon ami, vous êtes tout essoufflé. Vous dites que c'est monsieur le comte de Granval qui vous envoie ?...

DOMINIQUE.

Qui m'envoie ? Oh ! non. Voyez-vous, madame, je n'ai jamais menti, pas plus que mon maître, qui n'a ni vice ni défaut. Il ne m'a point envoyé ici. Je suis venu de mon propre mouvement. Le comte, depuis six mois, est triste ; il parle peu, il ne sort plus, il ne travaille plus, et je suis forcé de le gronder pour obtenir qu'il se mette à table. Le voilà qui veut partir, me quitter. (*Il pleure.*) Moi, qui ne l'ai pas perdu de vue un seul jour depuis qu'il est au monde. Il ne me le dit pas, car il craint de me faire du chagrin ; mais je le devine, il veut quitter la France.

BLANCHE.

Et que voulez-vous que nous y fassions ?

DOMINIQUE.

Je sais que monsieur le baron, votre époux, et vous, madame...

BLANCHE, *à part.*

Il me prend pour ma belle-sœur.

DOMINIQUE.

Vous êtes les amis du comte, qui vous tient grandement en respect et qui ne saurait rien vous refuser. Je suis donc

venu vous prier de chercher à le retenir. C'est ma dernière
ressource, car il doit partir demain.

BLANCHE, à part.

Demain ! (Haut.) Mais... dites-moi, quel peut être le motif
de ce brusque départ ?

DOMINIQUE.

Dieu seul le sait.

BLANCHE.

Mais enfin quel moyen employer ?

DOMINIQUE.

Lui envoyer monsieur le baron, ou mieux encore lui écrire.

BLANCHE, à part.

Lui écrire ! Et quoi, mon Dieu !...

DOMINIQUE.

Voyez-vous, je connais mon maître : il exécutera son
projet. Mais indiquez-lui une bonne action à faire, une âme
à consoler, un malheureux à sauver, il accourra, il oubliera
ses chagrins au milieu de vous, ses amis, et il restera ; car,
voyez-vous, s'il partait dans l'état où il est, il en mourrait !

BLANCHE, à part.

Oh ! mon Dieu ! il en mourrait ! Comment le sauver ?...
(Haut.) Allez ! ne vous désespérez pas... Je vais à l'instant
même en parler au baron. Entrez là, chez moi, et attendez...

DOMINIQUE, lui baisant la main.

Oh ! merci... merci... (A part en sortant et regardant
Berthe.) S'il m'écoutait, il choisirait une femme comme celle-
ci, et il ne songerait plus jamais à partir. (Il sort.)

BLANCHE, seule.

Ah ! plus d'espoir !... Mais quel mystère ?... Oui... oui...
il faut le retenir, et mon frère seul... Mais comment lui
parler... Impossible ! (On entend le baron et sa femme.) Toujours en querelle. (Elle rentre chez elle.)

SCÈNE III.

LE BARON, LA BARONNE, *entrant en même temps par
la porte à gauche.*

LA BARONNE.

Et moi je vous dis que ce mariage est impossible, et je
vous prie de ne plus m'en parler.

LE BARON.

Voudriez-vous bien, madame, alléguer une raison quel-
conque qui s'oppose à ce mariage. Je vous ai exposé celles
qui militent en sa faveur. Le comte d'abord est mon ami ;
ma sœur est une charmante jeune personne qui a juste dix
ans de moins que lui. Jamais union ne fut mieux assortie.
J'aurais parlé depuis longtemps à Aymar, mais il a l'air de
me bouder à cause de vous. Vous l'avez tellement pris en
grippe, qu'il n'ose plus venir ici. Voyons, il ne suffit pas de
dire : Ce mariage n'aura pas lieu... encore faut-il une raison !

LA BARONNE.

Il y en a mille. La première, c'est que je ne le veux pas.
Je vous fais grâce des autres.

LE BARON.

Le fait est que la première suffit ! Je sais bien que, dans le
temps, mon ami vous a dit quelques petites vérités ; mais ce
n'est pas pour moi une raison de ne pas lui donner ma sœur.
Par le fait, il m'a prouvé qu'il connaît bien les femmes, car
une partie de ce qu'il m'a prédit est déjà arrivé. (*La baronne
hausse les épaules.*) Oui, madame, il m'a dit que ma volonté
n'existerait pas pour vous, que vous abuseriez de ma bonté...
Vous ne daignez même pas me répondre.

LA BARONNE.

Vous vous croyez donc réellement bon ? Mais il y a un monde
entre la bonté et la faiblesse. Vous étiez bon, il y a huit jours,

quand, seul, à minuit, vous avez reconduit la comtesse de Perlaux, scandaleusement séparée de son mari ! vous étiez bon en envoyant un rouleau d'or à cette jolie petite ouvrière, votre voisine, sous prétexte de payer son loyer ! bonté qui s'arrête toujours à la beauté. (*A part.*) Sans compter un dernier outrage, cette lettre de la duchesse...

LE BARON.

Vous aimeriez donc mieux que votre mari ne fût point un galant homme ? car enfin...

LA BARONNE.

De grâce, épargnez-moi ces explications. Je ne vous accuse pas ; vous êtes libre de faire ce que bon vous semble... seulement vous avez mauvaise grâce de prendre ici le ton et le langage d'une victime. On n'est victime, monsieur, que de sa propre faiblesse.

LE BARON.

Si c'est une faiblesse, madame, que de vous aimer, je suis coupable, je l'avoue ; mais puisque vous aussi, vous me reprochez d'être faible, je vous prouverai que j'ai une volonté et que je sais la faire prévaloir. De ce pas, je vais engager Granval à dîner, et j'espère, madame, que vous le recevrez avec tous les égards dus à l'ami de votre mari.

LA BARONNE, *rentrant dans sa chambre.*

Comme il vous plaira, monsieur.

JOSEPH.

Monsieur le vicomte de Beauchâteau.

SCÈNE IV.

LE BARON, LE VICOMTE.

LE VICOMTE.

Bonjour, mon ami, et comment se porte ma fille ?

LE BARON.

Elle se porte bien... très-bien... elle vient de me quitter...
elle est chez elle.

LE VICOMTE.

Vous êtes tout agité... qu'avez-vous ?

LE BARON.

Moi ?... rien.

LE VICOMTE.

Rien ! Écoutez, depuis quelque temps, je vois avec peine
qu'il n'y a pas un parfait accord entre vous et ma fille. Mon
Dieu ! n'allez pas croire que je veuille vous faire des reproches. Vous savez combien je vous aime. Je connais d'ailleurs
votre bonté, votre bonne foi... Seulement, en ma qualité
d'ami, j'ai droit à un peu plus de confiance.

LE BARON.

Ma femme s'est-elle plainte?

LE VICOMTE.

Jamais. D'ailleurs, je ne l'écouterais pas ; car d'avance je
vous donne raison. Je ne suis pas de ces beaux-pères qui se
mêlent de l'intérieur de leurs enfants. Si j'avais quelque chose
à reprocher à ma fille, je n'hésiterais pas à le faire ; mais jamais je n'écouterais d'elle des plaintes contre son mari. Du
reste, elle ne parle que de son bonheur ; mais vous, vous ne
parlez guère du vôtre. Voyons, ouvrez-moi votre cœur ; vous
n'avez pas de meilleur ami que moi.

LE BARON.

Je le sais, mon cher vicomte. Je n'ai pas précisément à
me plaindre. J'aime ma femme, et je suis heureux de faire
tout ce qui lui plaît. Pourtant, je désirerais qu'elle eût un peu
plus de condescendance pour mes opinions. Mais je ne suis
nullement malheureux, et je serais désolé de causer le moindre chagrin à ma femme.

LE VICOMTE.

J'en suis persuadé. Oh! je savais bien qu'en vous préférant au comte Aymar j'avais fait un coup de maître.

LE BARON.

Tenez, c'est à son sujet que nous venons d'avoir une discussion; je serais heureux qu'il devînt mon beau-frère, et j'ai lieu de croire que ma sœur l'accueillerait avec faveur. Eh bien! ma femme ne veut point de cette union. Voilà plusieurs fois que nous échangeons des paroles assez vives à ce propos... Berthe s'oppose à ce mariage avec un entêtement inqualifiable; elle ne saurait pardonner au comte sa trop grande franchise.

LE VICOMTE.

Et moi, je ne l'aime guère, votre ami... autrement, vous l'auriez eu pour rival; car monsieur Aymar a demandé ma fille en mariage le soir même de vos fiançailles.

LE BARON.

Je le sais. Nous avons toujours eu les mêmes idées et les mêmes sympathies.

LE VICOMTE.

Vraiment! C'est tout ce que cela vous inspire! Mais en même temps qu'il la demandait, il vous détournait de l'épouser. Est-ce bien là une preuve d'amitié? Grâce à Dieu, ma fille a déjoué les intrigues de ce faux ami en vous préférant, en le refusant.

LE BARON.

Monsieur le vicomte, vous calomniez mon ami.

LE VICOMTE.

Votre ami, grand Dieu! Mais il a voulu vous enlever votre femme! et vous voulez lui donner votre sœur en mariage! Décidément, ma fille a plus de bon sens que vous. Je ne le dirais pas devant elle, mais à vous, seul, je puis l'avouer :

gardez-vous bien de faire cette faute... Et d'abord, le mari d'une jolie femme ne doit pas avoir d'ami !

LE BARON, *pensif.*

Mais... dites-moi... sait-elle qu'il l'a demandée en mariage ?

LE VICOMTE.

Certainement.

LE BARON.

Ah ! ah !...

LE VICOMTE.

Jugez alors de la prudente vertu de votre femme et de votre aveugle amitié... Écoutez-moi, Paul... Mais on vient, je crois ; accompagnez-moi un instant.

LE BARON.

Soit ! d'autant plus que j'ai compté sur vous pour une mission assez délicate...

LE VICOMTE.

Vous avez bien fait, je suis tout à vous.

LE BARON, *à part en sortant.*

Ah ! elle sait qu'il l'a demandée en mariage !

SCÈNE V.

BLANCHE, *puis* LA BARONNE.

BLANCHE, *appelant son frère au moment où il sort.*

Paul ! Paul !... Il s'éloigne. Je ne puis encore lui apprendre que son ami... Et ce pauvre Dominique qui se désole, là. Il faut absolument que j'en parle à ma belle-sœur... La voici !

LA BARONNE, *à elle-même.*

Je croyais avoir entendu la voix de mon père.

BLANCHE.

Savez-vous la nouvelle que l'on vient de m'apprendre : monsieur le comte Aymar quitte Paris pour toujours.

LA BARONNE, *à part.*

Ciel ! (*Haut.*) Et qui vous l'a dit?

BLANCHE.

Son domestique, qui est venu ici m'en informer pour que vous l'empêchiez de partir.

LA BARONNE.

Mais je n'ai point de pouvoir sur le comte. (*A part.*) Se douterait-elle ! (*Haut.*) Mais s'il part, c'est que rien ne le retient ici; c'est qu'il a ses projets et ses affections ailleurs. Qu'il parte donc ; que pouvons-nous y faire?

BLANCHE.

Lui écrire, l'inviter à venir, le retenir par tous les moyens ; autrement, il en mourra ! Comprenez-vous, ma sœur? il en mourra !...

LA BARONNE, *regardant Blanche après un long silence et lui prenant la main.*

Vous l'aimez, Blanche. (*Blanche se jette en pleurant dans les bras de sa sœur.*)

LA BARONNE.

Pauvre amie !

BLANCHE.

En l'aimant, je ne fais qu'obéir à mon frère, qui, le jour même de vos fiançailles, me l'avait destiné pour mari.

LA BARONNE, *prenant une résolution.*

Ma chère Blanche, j'admire votre franchise et votre persévérance. Dès ce moment, je ferai tous mes efforts pour hâter ce mariage. Écrivez donc à monsieur de Granval de venir aujourd'hui même, et, s'il est libre, vous pouvez compter sur moi. Allez, ma sœur.

BLANCHE, *l'embrassant.*

J'y cours. Comme Dominique va être heureux ! (*Elle rentre dans sa chambre.*)

SCÈNE VI.

LA BARONNE, *seule.*

Oh! mon Dieu! on dirait qu'ils se sont tous conjurés contre moi. Voilà bientôt une année que je lutte contre la présence de cet homme; et si je me suis opposée à cette union, c'est pour éloigner à jamais une image qui me poursuit, qui ne me laisse aucun repos, qui me met à la torture. Malheureuse! j'ai beau me raisonner, étreindre la pensée de mes devoirs... je l'aime! J'ai beau me cacher dans les replis de ma vertu et redoubler d'efforts pour étouffer ce sentiment dans mon cœur... je l'aime!... Un instant je me flattais de l'avoir oublié, d'avoir noyé mon amour dans les larmes arrachées à mon orgueil blessé; je croyais qu'il avait pénétré mon funeste secret, qu'il insultait à ma passion, qu'il se faisait un jeu cruel de déchirer mon âme, je me trompais! Depuis que j'ai appris qu'il m'avait demandée en mariage, qu'il avait sacrifié son amour à son amitié, je me sens plus que jamais en danger... Mon cœur, mon âme, mon esprit, et pour comble de malheur, mon mari, ma sœur, tout me pousse à ma perte. Oh! il m'avait bien dit que je ne me connaissais pas, qu'il fallait me défier de moi!... Mais lui!... Il se peut que mon imagination le poétise et lui prête des sentiments qu'il n'a jamais eus... qui sait? Il ne m'est pas prouvé qu'il m'aime. Il ne me l'a jamais dit du moins, et s'il consentait à épouser Blanche, je l'oublierais peut-être. Oui, je vais lui proposer ce mariage; ce sera là ma dernière épreuve... heureuse si je trouve mon salut dans le bonheur de ma sœur! (*Elle tombe sur un canapé.*)

SCÈNE VII.

LE BARON, *puis* LA BARONNE.

LE BARON, *très-ému, à part.*

Je ne me suis pas trompé! c'est bien Dominique, son do-

mestique, qui sort d’ici... Que vient-il faire?... Oui... oui...
mon beau-père à raison... ce mariage est impossible...
(*Voyant la baronne.*) Ma femme!... elle va être heureuse...
nous sommes d’accord. (*Allant vers elle.*) Ma chère amie, je
viens te demander pardon de ma vivacité. J’ai réfléchi, j’ai
reconnu que ton avis est meilleur que le mien. Je m’y rends,
ce mariage n’aura pas lieu, n’en parlons plus.

LA BARONNE.

Et moi aussi, j’ai réfléchi, et je trouve que j’ai eu tort. En
effet, je cherche en vain une raison contre cette union qui
ferait le bonheur de votre sœur. D’ailleurs, je suis lasse de
vous entendre dire que je ne cède jamais à votre volonté. Si
le comte n’a pas d’autres engagements, nous travaillerons à
hâter ce mariage.

LE BARON.

Qu’entends-je? Et serais-je indiscret en vous demandant la
raison de ce changement si brusque?

LA BARONNE.

Dites-moi, d’abord, quelle cause vous a fait changer d’avis
vous-même?

LE BARON.

C’est à moi, madame, de vous adresser cette question ; j’y
suis peut-être plus intéressé que vous.

LA BARONNE.

Je vous dirai que, tout bien réfléchi, je ne veux pas être
la cause d’une rupture qui ferait le malheur de votre sœur.

LE BARON.

C’est la première fois, madame, que vous ne dites pas
toute votre pensée.

LA BARONNE.

Je ne vous comprends pas, monsieur... d’ailleurs, je suis
trop au-dessus de vos insinuations.

LE BARON.

Brisons là, madame ; moi, je désire qu'il ne soit plus question ici de ce mariage.

LA BARONNE.

Comme il vous plaira.

LE BARON.

Et que je ne voie jamais le comte ici, sous prétexte de cette alliance.

LA BARONNE

Sous prétexte !... (*A part.*) Qu'a-t-il donc, mon Dieu !

LE BARON.

Oui, madame, je sais tout.

LA BARONNE, *fièrement.*

Tout !... Non, monsieur! Apprenez encore que si vous êtes indigne d'avoir un ami comme le comte de Granval, je le trouve digne d'être reçu par moi quand il voudra bien m'honorer de sa présence.

LE BARON.

Vous osez me dire cela ?

LA BARONNE.

Oui, monsieur, je l'ose! J'ajoute que si je voulais vous tromper, je serais femme à vous le dire en face.

LE BARON.

Sachez, madame, que je ne suis pas encore si faible que vous croyez, et que je saurai faire respecter mon autorité.

LA BARONNE.

Eh! monsieur, qui donc vous la dispute ?... Mais, d'abord, ayez une autorité.

LE BARON.

Eh bien ! je vous défends formellement de recevoir le comte... et nous verrons si vous oserez braver cette autorité que vous me déniez. (*Il sort par la porte à gauche.*)

LA BARONNE (*après une pause.*)

Et voilà ce que le monde appelle un charmant homme et un bon mari.

JOSEPH.

Monsieur le comte de Granval désire parler à madame la baronne.

LA BARONNE, *à part.*

Mon Dieu ! (*Haut.*) Dites-lui que je n'y suis pas. (*Joseph va vers la porte.*) Ou bien, non, puisqu'il faut que je lui parle de Blanche. Faites entrer. (*Joseph sort.*) Je n'ai pas le temps de me remettre... Joseph !... Il est trop tard !

SCÈNE VIII.

LE COMTE, LA BARONNE; *plus tard*, BLANCHE *derrière la portière.*

LE COMTE.

Malgré ma ferme résolution de ne plus venir ici, madame, je n'ai pas eu assez de force...

LA BARONNE.

Et pourquoi cette résolution, monsieur ? pourquoi fuir vos amis les meilleurs ?

LE COMTE.

Mes amis !.. autant dire mes chagrins, mes douleurs.

LA BARONNE.

Douleurs imaginaires ! chagrins de poëte !.. La poésie est ingrate...

LE COMTE.

Ingrate ! non, madame, mais égoïste. Elle aime à donner plutôt qu'à recevoir.

LA BARONNE.

Prenez garde ! cela pourrait bien passer pour de l'orgueil.

LE COMTE.

De l'orgueil! Oh! mon Dieu!.. j'ai juste assez d'esprit
pour reconnaître que j'agis souvent comme un sot.

LA BARONNE.

Aussi, les sots croient-ils toujours agir en hommes d'esprit.

LE COMTE.

Et c'est de là que vient leur succès. Car, dans le monde,
on n'est que ce que l'on paraît être.

LA BARONNE.

Et pourquoi ne tiendriez-vous pas à paraître ce que vous
êtes?

LE COMTE.

Pour qui, madame?

LA BARONNE.

Pour ceux qui savent apprécier vos qualités... Eh! qui
sait?.. il en est peut-être qui songent à votre avenir, à votre
bonheur.

LE COMTE.

Je vous l'ai dit, madame, je suis égoïste... à ma manière.
Je ne me marierai pas (*mouvement de la baronne*), j'épou-
serai. Or, pour épouser, il faudrait aimer.

LA BARONNE.

Eh bien! je connais une jeune personne, belle, riche,
d'une excellente famille, digne d'être aimée de vous, et que
vous aimerez, j'en suis sûre, à moins de pousser l'originalité...

LE COMTE.

Madame, si je suis ce que l'on appelle un original, croyez-
le, c'est bien malgré moi; je donnerais tout au monde pour
pouvoir partager les plaisirs et les joies des autres. Je voudrais, comme le premier venu, posséder le talent de dire des
riens d'une heure, de me taire devant une injustice et de
savoir tourner une bassesse en action héroïque. Bien des fois
j'ai essayé; hélas! je n'ai point le talent d'imitation. Je res-

semble au coq de la fable : je trouve des grains d'or et je meurs de faim. Seulement, comme le pauvre se drapant dans ses guenilles, je me suis créé un bonheur à part. Je ne me plains pas; au contraire, je suis heureux de pouvoir, de temps à autre, me moquer de moi, et de me dire de bonnes et dures vérités.

LA BARONNE.

Et ce sont là les seules raisons qui vous empêchent de vous marier comme tout le monde ? Ne fût-ce que pour lui dire tout cela, il vous faudrait une âme dévouée et compatissante; car, malgré votre teinte de misanthropie, je vois que vous avez besoin d'expansion.

LE COMTE.

Le musicien qui joue de son instrument en est le premier charmé : je joue de mon âme.

LA BARONNE.

Mais une âme est un instrument à deux. Il faut qu'elle soit touchée par une autre pour rendre des sons mélodieux.

LE COMTE, *à part.*

C'est vrai !

LA BARONNE.

Et vous n'avez jamais songé à chercher cette âme jumelle?

LE COMTE.

Je l'ai trouvée. (*A part.*) Je l'ai perdue !

LA BARONNE, *tendrement.*

Vous aimez donc?

LE COMTE.

Oui, madame, j'aime... j'ai aimé. Oui, j'ai rencontré dans le monde cette âme dont vous parlez, qui faisait vibrer la mienne, au point que je croyais n'avoir pas vécu avant de la connaître, et que je ressentais la douleur voluptueuse d'une vie naissante, pleine d'enivrements et d'extases. Ce moment fut pour moi une révélation; mais les enchantements de l'amour ne sont, après tout, que de la poésie humaine et fugitive, s'ils ne sont pas retenus par les lois divines et sociales.

LA BARONNE, *à part.*

Et ces lois, hélas! sont terribles!

LE COMTE.

Tout cela ne fut qu'un songe, songe qui dégénère parfois en cauchemar! Cette image s'était tellement gravée dans mon âme, qu'elle en est encore pleine de cicatrices, et en certains moments elles me font un mal horrible!

LA BARONNE.

Et n'y aurait-il aucun remède à ce mal?

LE COMTE.

Aucun, car la femme que j'aime a juré devant Dieu foi et fidélité à un autre! Vous voyez, madame, qu'il ne me reste plus qu'à oublier; car plus je me renferme en moi-même, plus je me trouve en face de cette image... perdue à jamais!

LA BARONNE, *d'une voix tremblante.*

Et si vous la retrouviez?

LE COMTE, *vivement.*

A Dieu ne plaise! car sa présence, loin de me guérir, redoublerait mon malheur. Je sais, madame, que bien des gens me considéreront comme un hypocrite ou comme un fou; mais je suis habitué à regarder en face les opinions de la foule et à les braver de haute lutte. Je dirais donc à cette femme : Oui, je vous aime; jamais une autre ne fut aimée de moi; mais c'est précisément parce que cet amour est ma vie, que je veux le conserver pur. Je veux bien que mon âme ait des cicatrices, mais des taches... jamais!

BLANCHE, *paraissant derrière la portière de sa chambre.*

Qu'entends-je?

LA BARONNE, *à part.*

Il ne m'aime pas.

LE COMTE.

On dira que je suis un lâche ; que l'amour véritable brave
le vice et jusqu'au crime ! Oui, si j'étais seul! J'ai la liberté
de mon âme, je puis en détruire la lumière dans un incendie...
Mais je n'ai pas le droit de perdre celle qui se confie à moi,
dût cette perte causer quelques moments de satisfaction à son
orgueil et à sa vanité. Je suis un homme, et comme tel, je
dois savoir commander à moi-même.

LA BARONNE.

Et si cette femme préférait la solitude, la misère, le mépris
même, avec l'élu de son cœur, à la société, à la fortune, à
l'estime publique ; si elle consentait à briser tous les liens
pour fuir avec lui ?

LE COMTE, *à part.*

Fuir ! (*Haut.*) Hélas ! madame, si loin qu'ils fussent, ils
seraient toujours en présence, lui, de l'action infâme d'avoir
trahi un ami, elle, du remords d'avoir quitté le meilleur des
maris pour un traître ! d'avoir violé des serments sacrés pour
un caprice !...

LA BARONNE, *éperdue.*

Ah ! vous ne m'avez jamais aimée !

LE COMTE, *lui prenant la main avec effusion et tombant à ses genoux.*

Oh ! de grâce, ne blasphémez pas ! Je voudrais mourir à vos
pieds, mais mourir comme un martyr devant une sainte !
Qu'y a-t-il de plus beau au monde que deux âmes dégagées
de ce corps, de ce fardeau qu'elles traînent après elles, pour
planer ensemble comme des astres radieux au-dessus des mi-
sères et des passions humaines ! Car s'élever au-dessus des
hommes, c'est s'approcher de Dieu !

LA BARONNE.

Aymar ! parlez, ordonnez ! Mon honneur, mon avenir,
toute ma vie est entre vos mains !

LE COMTE, *se levant.*

J'accepte !... Et vous vous soumettrez ?...

LA BARONNE.

A tout !... Màis j'entends du bruit, partez !... (*A la porte,
regardant Aymar.*) A tout ! ! !

LE COMTE, *à part.*

Ah ! pourquoi suis-je venu ?... Ah ! je ne verrai plus jamais
cette femme !

SCÈNE IX.

LE BARON *entre précipitamment par la porte de sa
chambre, il voit le comte disparaître par celle du fond.
Blanche ouvre la portière, pousse un cri en voyant son
frère et rentre dans sa chambre.*

C'est lui ! je suis perdu !

FIN DU DEUXIÈME ACTE.

ACTE TROISIÈME

Même salon.

––––––––––

SCÈNE PREMIÈRE.

LE BARON, JOSEPH.

LE BARON, *au lever du rideau, est seul en scène, accoudé sur une table, la tête entre les mains. Silencieux d'abord, il va pour écrire, et repousse la plume en s'écriant :*)

Si je m'étais trompé ! Mais non... non... je ne puis récuser le témoignage de mes yeux ! Ah ! tout en moi s'indigne et se révolte... A cette pensée ma raison s'égare... Les misérables !... ils n'ont rien respecté, ni l'amour, ni l'amitié... (*Il se remet à écrire.*) Allons ! monsieur de Granval a dû recevoir ma lettre... l'honneur sera satisfait... Maintenant il me reste un dernier devoir à accomplir... Ceci pour mon notaire... (*Il sonne. — Pendant la scène qui suit, il a mis sous pli ce qu'il vient d'écrire. — A Joseph.*) Joseph, vous avez porté ma lettre au comte de Granval ?

JOSEPH.

Oui, monsieur le baron.

LE BARON.

Et à monsieur le marquis de Ronsac ?

JOSEPH.

On m'a dit qu'il était absent ; mais j'ai remis la lettre à son concierge.

LE BARON.

Bien ! Si quelqu'un me demande, à moins que ce ne soit monsieur de Ronsac, vous direz que je suis parti pour la campagne. Si le comte de Granval vient en mon absence, vous le ferez entrer dans mon cabinet... Ah ! dites à ma sœur que je désire lui parler.

JOSEPH, *en sortant.*

Bien, monsieur le baron.

LE BARON.

Chère Blanche ! pauvre enfant ! je la lui avais destinée...
Lui qui m'a fait tant de sermons ! Oh ! mon beau-père le con-
naissait mieux que moi ! Et pourtant, je donnerais dix années
de ma vie pour le voir se justifier... Mais elle ! hélas ! elle n'a
même pas demandé à me parler. O mon Dieu ! je l'aime tant,
qu'elle n'aurait qu'à m'adresser une parole de repentir ou
d'excuse pour obtenir son pardon, bien que je sente qu'avec
ce pardon je lui donnerais ma vie... J'oublie que le notaire
doit m'attendre, allons-y... Si je meurs, qu'elle apprenne
que son mari valait pour le moins son amant. (*Il sort len-
tement.*)

SCÈNE II.

JOSEPH, BLANCHE.

JOSEPH, *qui entre avec Blanche.*

Oui, mademoiselle, monsieur le baron désire vous parler.
(*Il sort.*)

BLANCHE, *entrant par sa chambre.*

Mon frère, hélas ! qu'aurait-il à me dire ? Mes vœux les
plus chers, mes rêves les plus beaux sont anéantis, foudroyés !
Monsieur de Granval aime, et ce n'est pas moi ! Pauvre sœur !
Elle est encore plus malheureuse ! Du moins, mon âme est
libre ; elle peut, en renonçant à cette terre, s'élever vers le
ciel ; elle ne se souillera pas du contact de la vie mondaine.
Oui, ma résolution est prise. Dorénavant, je n'aimerai que
Dieu.

SCÈNE III.

BLANCHE, DOMINIQUE, *entrant précipitamment.*

DOMINIQUE.

Madame, quel bonheur de vous trouver ! On n'a pas voulu

me laisser entrer ; mais comme il faut que je vous parle, j'ai
forcé la consigne... Voici une lettre pour vous, que mon
maître m'a remise hier soir, et voici celle que vous lui aviez
écrite. Mais, depuis hier, il s'est passé bien des choses. Monsieur de Rochefort a envoyé une provocation au comte Aymar.
Il est sorti de bonne heure, il ne m'a rien dit, mais je sais
tout. J'accours pour vous en faire part et pour trouver un
moyen de salut ; car c'est un bien grand malheur ; deux amis !
Rien que d'y penser, je sens mon cœur défaillir. Mais dans
ces sortes de crises, il ne sert à rien de gémir, il faut agir !

BLANCHE.

Vous espérez donc?

DOMINIQUE.

Lisez d'abord la lettre.

BLANCHE.

Mais, mon bon Dominique, vous vous êtes trompé, je ne
suis pas la baronne.

DOMINIQUE.

Comment !

BLANCHE.

Je suis sa belle-sœur.

DOMINIQUE.

Mais c'est vous qui avez écrit cette lettre que je vous rap-
porte. Je vous ai vue l'écrire.

BLANCHE.

Oui, je l'ai écrite sur l'avis de ma belle-sœur et pour vous
obliger. Vous me la demandiez avec tant d'insistance...

DOMINIQUE.

Bonté du ciel! Ah! mademoiselle!... voyez-vous, je suis
comme frappé d'une idée. Non, ce n'est pas un hasard que
je vous aie prise pour madame la baronne ; c'est le doigt de
Dieu! Ah! mademoiselle, vous pouvez sauver mon maître ;
vous le sauverez, je vous en prie, je vous en supplie à genoux. (*Il se jette à ses genoux.*)

BLANCHE.

Levez-vous. Voyons, parlez, car, jusqu'à présent, je ne
vois qu'une faute que je compte bien expier.

DOMINIQUE.

Ce n'est pas une faute, c'est le salut de tous; c'est vous
qui avez écrit la lettre, c'est vous qui avez donné un rendez-
vous à Aymar... ce sera vous... Oui, quelque chose me dit
qu'il sera votre mari !

BLANCHE.

Je ne comprends rien à ce que vous venez de dire...
D'abord, il n'y a pas eu de rendez-vous. Mon frère a bien
rencontré le comte ici, dans ce salon même, mais alors il n'y
avait que moi qui venais d'y entrer.

DOMINIQUE.

Raison de plus.

BLANCHE.

Je ne devine pas...

DOMINIQUE.

Mais avec cette lettre écrite de votre main, vous prouve-
rez à votre frère que le comte est venu ici pour vous.

BLANCHE.

Pour moi ! vous n'y pensez pas, ce serait me perdre.

DOMINIQUE.

Pardon, mademoiselle. Je croyais que vous aimiez le comte
de Granval...

BLANCHE.

Mais dire à mon frère que j'ai donné rendez-vous à son
ami ! J'en mourrais de honte. Monsieur de Granval lui-même
y verrait une arrière-pensée, ce serait le moyen de me faire
mépriser de lui... Jugez ! si j'avais le malheur de l'aimer !...
Non, cela ne se peut.

DOMINIQUE.

Ah ! dès que vous réfléchissez, tout est perdu. Les personnes qui vous sont chères, votre sœur et mon maître, sauront à quoi s'en tenir. Ou Aymar vous admirera, et alors il vous rendra l'honneur avec usure; ou bien il n'acceptera pas ce sacrifice, et vous restez pure et sainte comme auparavant. Oui, certainement, c'est un sacrifice. Si ce n'était qu'un service, il serait inutile de s'appeler Blanche de Rochefort, et l'on ne mériterait pas de devenir la femme d'Aymar de Granval.

BLANCHE.

Sa femme ! vous savez bien que ce n'est pas moi qu'il aime !... N'importe, je me sens assez forte pour braver l'opinion du monde. Oui, je les sauverai, car devant Dieu je suis et resterai innocente !

DOMINIQUE.

Oui, oui, vous les sauverez, et bientôt peut-être vous irez avec mon cher Aymar planter quelques fleurs sur ma tombe, car j'en mourrai de joie. (*Il sort.*)

BLANCHE.

Ah ! l'excellent cœur ! (*Sonnant Joseph.*) Remettez tout de suite cette lettre à ma belle-sœur. (*Joseph sort.*)

SCÈNE IV.

BLANCHE, LE VICOMTE, *entrant par la porte du cabinet de travail du baron.*

LE VICOMTE, *à part.*

Enfin, je trouve à qui parler. (*Haut.*) Mademoiselle?... Mon enfant, dites-moi pourquoi cette maison a-t-elle pris subitement un aspect de deuil? Votre frère est sorti, ma fille refuse de me recevoir... De grâce, que s'est-il passé ?

BLANCHE, *à part.*

Mon Dieu! comment lui dire... Il faut pourtant commencer par lui !

LE VICOMTE.

Je sais qu'il y a eu une scène entre Paul et son ami. Il est, je crois, question d'un duel... S'agit-il de ma fille?

BLANCHE.

Je crois que non... (*A part.*) Je tremble.

LE VICOMTE.

Non, n'est-ce pas? Vous êtes, comme moi, sûre de son innocence... j'ajouterai, aussi sûre que de la vôtre ?

BLANCHE, *à part.*

Il le faut. (*Haut.*) Et s'il s'agissait de moi? (*A part.*) Mon Dieu !

LE VICOMTE, *avec joie.*

Se pourrait-il! de vous? Oh! si je pouvais le croire!

BLANCHE.

Vous me condamneriez, et vous auriez raison.

LE VICOMTE.

Je vous baiserais les deux mains... Mais je n'en crois rien. Vous voulez me rassurer, m'ôter tout soupçon sur ma fille... Vous, si pure, si dévouée! Vous savez que j'étais l'intime ami de votre père... Dites-moi tout, mon enfant... Si, en effet, il s'agit de vous, d'avance, je vous pardonne; et si quelqu'un vous a offensée, j'ai cinquante ans, mais cette main est encore assez vigoureuse pour châtier...

BLANCHE

Il n'est pas question de châtiment.

LE VICOMTE.

Et de quoi donc? Dites, dites, je suis sur les charbons!

BLANCHE, *avec une volubilité extrême.*

J'aime monsieur de Granval. Je lui ai écrit de venir me

voir. Il est venu... et depuis il m'a renvoyé ma lettre... La voici! (*A part.*) Enfin, c'est dit!

LE VICOMTE, *tenant la lettre, à part.*

Grand Dieu! (*Haut.*) Je devine le reste. Il est capable de tout.

BLANCHE.

Mais vous calomniez le comte; c'est un homme d'honneur.

LE VICOMTE, *parcourant la lettre.*

Un homme d'honneur! un homme qui provoque, qui accepte un rendez-vous d'une jeune personne à l'insu de son frère, de ses protecteurs! C'est d'un malhonnête homme! Mais patience, j'irai le démasquer, et s'il ne répare pas le mal...

BLANCHE.

Vous m'effrayez. Supposez que je n'ai rien dit.

LE VICOMTE.

N'avoir rien dit. Cela ne suffit pas, mon enfant; il aurait mieux valu n'avoir rien écrit.

BLANCHE.

Puisqu'il me renvoie ma lettre...

LE VICOMTE.

Ce renvoi est une indignité et une mauvaise action de plus, puisqu'il vous abandonne.

BLANCHE, *à part.*

Je suis à la torture!

LE VICOMTE.

Vous avez, du reste, bien agi en m'avouant votre faute : car c'est une faute très-grave, et je comprends l'indignation de votre frère. Mais je vais de ce pas trouver le comte. Oh! cette fois, je le tiens, le misérable!

BLANCHE.

Misérable! Monsieur le vicomte, arrêtez pour l'amour de Dieu!...

LE VICOMTE, *sans l'écouter.*

Et il ose parler de ses principes, de son respect pour le devoir!... C'est surtout le mot *devoir* qui revient à chacune de ses phrases. Et voilà comme ils sont tous, ces héros de vertu!... Trahir l'amitié d'un frère pour séduire sa sœur!...

BLANCHE.

De grâce!...

LE VICOMTE.

Eh bien! qu'avez-vous encore à dire?

BLANCHE.

J'ai à vous dire que je vous ai fait une fable, qu'il n'y a pas un mot de vrai dans tout ce que je viens de vous raconter, que je n'ai point donné de rendez-vous, que le comte n'est pas venu pour moi!

LE VICOMTE, *la regardant fixement.*

Je vous ai promis mon pardon, mademoiselle, mais je ferai une justice exemplaire d'une jeune fille dissimulée qui rejetterait sur d'autres ses propres fautes. Votre lettre, que voici, me prouve que votre premier aveu est vrai. Vous craignez pour les jours du comte! malheur à vous si vous êtes plus coupable que lui!

BLANCHE, *le retenant et tombant à genoux.*

Mais, je vous le répète, je suis innocente!...

LE VICOMTE, *s'arrachant de ses mains.*

C'est ce que je vais apprendre. (*Il sort précipitamment.*)

BLANCHE.

Perdue à jamais! Oh! je le vois bien, les hommes ne me pardonneront pas! C'en est fait!... Pauvre Dominique, toi seul, tu me donneras une larme; car toi seul connais la grandeur de mon sacrifice!...

JOSEPH.

M. le comte de Granval !

BLANCHE, *sortant vivement.*

Lui !... Jamais !... jamais !...

SCÈNE V.

JOSEPH, AYMAR, *introduit par Joseph.*

JOSEPH.

Monsieur le baron vient de sortir et vous prie de l'attendre.

AYMAR.

C'est bien, je l'attendrai. (*Joseph sort. Aymar parcourt
une lettre qu'il tire de sa poche. Après un temps.*) Le bonheur
d'un ménage détruit ! une amitié de quinze ans déchirée
par un trait de plume ! et si j'écoute la voix de l'orgueil, un
crime, un assassinat peut-être !... Car m'envoyer un cartel,
bien qu'il sache que depuis longtems je ne me bats plus...
Voilà où conduit une première faute ! Il est certain que, pour
la majorité des hommes, je suis un lâche si je refuse. J'aurais
beau leur dire que je recule devant un crime, ils se moque-
raient de moi. On ne croit pas une chose dont on ne se sent
pas capable !... Mais ne suis-je pas moi-même un orgueilleux
d'avoir osé braver la présence d'une femme que j'aime et que
je ne devais plus revoir ?... Oui, j'ai eu trop de confiance en
moi, j'ai trop présumé de mes forces, j'en suis puni. Au
lieu d'abandonner au hasard des armes la vie de deux, peut-
être de trois personnes, mon devoir serait, avant tout, de dire
à Paul : « Oui, mon ami, j'ai violé l'amitié. J'ai osé devant
ta femme m'enorgueillir de mon esprit et parler de mon amour.
Je t'en demande pardon, et ce pardon, tu peux me l'accorder
en toute conscience... » (*Pause.*) Ha ! ha ! ha ! ha !... Oui,
si j'inventais un roman, il me croirait peut-être ; mais dire à

un homme civilisé : « Mon frère, j'ai péché, pardonne-moi !... »
c'est le langage d'un tartufe qui se sert d'une fausse hu-
milité pour arriver d'autant plus sûrement à ses fins. Et puis,
on ne pardonne pas ses propres torts. L'homme est ainsi
fait ! Et dans cette société, hélas ! il vaut mieux être criminel
que ridicule. Pauvre femme ! je veux bien subir pour elle
tous les affronts, mais la compromettre, jamais !... Et pourtant, en acceptant un duel, je la compromets encore davan-
tage. O mon Dieu ! voilà vingt ans que j'étudie tous les sages
de l'antiquité et des temps modernes ; je connais leurs maxi-
mes par cœur, et à la première difficulté de la vie réelle,
toute cette sagesse s'évanouit en fumée ! (*Il s'assoit en sou-
tenant sa tête de sa main.*)

SCÈNE VI.

LE COMTE, LE VICOMTE, *entrant par la porte du fond.*

LE VICOMTE, *à part.*

Je ne me suis pas trompé... c'est lui. (*Haut.*) Je vous
cherche partout, monsieur, et ne vous trouve nulle part.

LE COMTE, *le regardant de sang-froid.*

Moi, je ne vous cherche nulle part et vous trouve partout.

LE VICOMTE.

C'est que partout où je vais, monsieur, je parais haut le
front et le visage sans masque. Je ne me glisse pas...

LE COMTE, *se levant.*

Assez, monsieur ! Il m'en souvient , et vous m'avez dit
vous-même que vous aviez adressé vos hommages à des
femmes mariées ; plus encore, que vous étiez l'amant heureux
de la femme d'un autre. Moi, je ne vous ai jamais fait un tel
aveu. En quoi donc, monsieur, seriez-vous meilleur que moi
pour me tenir ce langage ?

LE VICOMTE.

Mais moi, monsieur, je ne prêche pas la morale, je ne professe pas le culte du devoir ; en un mot, je ne suis pas un hypocrite.

LE COMTE.

Soit. Vous vous croyez donc supérieur, parce que vous maximez vos détestables pratiques ?

LE VICOMTE.

Je connais votre habileté à rétorquer les arguments. Vous êtes éloquent... D'ailleurs, monsieur, sans rétracter ma parole, je ne vous fais pas l'honneur de vous croire dangereux pour ma fille. Elle vous connaît depuis longtemps, et c'est parce qu'elle vous connaît qu'elle vous a refusé sa main. Vous ne lui avez fait la cour que dans la coupable intention de séduire une jeune personne innocente, inexpérimentée, mademoiselle Blanche, enfin, qui vous a donné un rendez-vous par écrit, rendez-vous que vous avez accepté. Mais les choses ne se passeront pas ainsi. Vous êtes démasqué, mon doux homme de principe ; vous comptez peut-être sur la bonté de mon gendre, bonté que vous exploitez depuis longtemps ; mais vous n'aurez pas cet avantage. Je suis là. Je protégerai cette jeune personne contre vos embûches ; vous me rendrez raison de cet affront fait à une famille alliée à la mienne !

LE COMTE, qui durant cette tirade a toujours haussé les épaules.

Monsieur, je ne comprends pas un mot de tout ce que vous débitez là. Cela ressemble à de la folie. Mais il y a dans vos discours des moments lucides où il n'y a que des sottises. Seulement, j'entends à merveille que vous m'injuriez. Depuis longtemps, monsieur, j'avais pris la résolution de me combattre plutôt que de me battre, et de pardonner les injures ; mais il est certains flatteurs qui, comptant sur l'impunité, voudraient bien m'assimiler au lion malade, pour jouer le rôle du dernier de ses vainqueurs.

LE VICOMTE.

Qu'est-ce que cela veut dire? (*La baronne paraît sur la porte de sa chambre.*)

LE COMTE.

Cela veut dire, monsieur le vicomte, que je me mets à votre disposition.

LE VICOMTE.

Mais enfin, monsieur...

LE COMTE.

Plus un mot. Dans un quart d'heure, je serai de retour ici. Point de retard sous prétexte de témoins; je n'en chercherai même pas, et je vous laisse tous les avantages du combat.

LE VICOMTE.

Je n'en abuserai pas, je vous attendrai.

LE COMTE, *en sortant.*

Dans un quart d'heure.

SCÈNE VII.

LE VICOMTE, LA BARONNE.

LA BARONNE.

Mon père, qu'allez-vous faire?

LE VICOMTE.

Je viens de démasquer un hypocrite et je vais châtier un impertinent!

LA BARONNE.

Le comte, un hypocrite? C'est le plus noble caractère... Ah! mon père! si j'avais connu sa demande, il serait mon mari.

LE VICOMTE.

Qu'entends-je ? Il serait ton mari !

LA BARONNE.

Mon père, il faut tout vous dire... Promettez-moi de me pardonner ?

LE VICOMTE.

Tu m'effrayes !

LA BARONNE.

Du moment où je l'ai vu, le comte m'a paru un esprit chevaleresque, un cœur généreux! Un malentendu, un mouvement d'orgueil, sa trop grande rudesse m'ont fait renoncer à lui. Il m'avait prédit que je manquerais à mon devoir; j'ai accepté le défi... Eh bien ! j'ai perdu.

LE VICOMTE.

Grand Dieu !

LA BARONNE.

Si je n'ai pas failli, c'est grâce à lui... Tenez ! (*Elle lui donne une lettre.*)

LE VICOMTE, *à part.*

Et moi qui croyais... (*Il lit.*) « Madame, il est différentes manières d'aimer une femme. Celle d'un égoïste, c'est de satisfaire ses passions ; sous prétexte d'amour, de prendre honneur et bonheur à celle qu'on appelle sa maîtresse, jusqu'au moment de satiété et d'abandon, où il la jette sur la place publique en s'écriant : Voilà la femme ! Quant à moi, je ne puis vous témoigner mon profond amour qu'en vous sauvant par le sacrifice de moi-même. Je pars demain, restez fidèle à votre

mari. Le bonheur d'une femme mariée est uniquement dans
son devoir. Si je ne vous aimais pas plus que moi-même...
Le monde m'eût envié et vous eût condamnée. J'aime mieux
qu'il vous envie et qu'il me condamne !

» AYMAR DE GRANVAL. »

Malheureux père ! malheureux mari !

LA BARONNE

Mon mari ! Ah ! c'est lui le plus coupable ; car vous ne savez pas, mon père, mes craintes, mes prévisions se sont
réalisées : il a revu la duchesse de Fromont.

LE VICOMTE.

Jamais, mon enfant ! Et puisqu'il faut te le dire, c'est moi
qu'il a chargé confidentiellement de lui signifier de cesser ses
missives. Il ne l'a plus revue.

LA BARONNE, *tombant à genoux.*

Mon père, me pardonnerez-vous jamais !

LE VICOMTE, *la relevant.*

Ma pauvre enfant ! quelle fatale erreur ! Mais Blanche vient
de me dire que le rendez-vous était pour elle. Elle a donc
inventé une fable pour te sauver ? -

LA BARONNE.

Chère sœur !

LE VICOMTE.

Et moi, qui l'ai accablée de reproches, je suis confondu,
anéanti ! Et le comte ! Impossible de me battre avec lui, car
l'homme qui a écrit cette lettre n'est pas capable de compromettre la sœur de son ami. Ma pauvre fille, tu es perdue.
Ton mari soupçonne la vérité.

LA BARONNE.

Qu'il me tue ! Je suis coupable, mais le comte ne l'est pas.

LE VICOMTE.

Ma bonne, ma douce enfant! oh! si j'avais su!... Rappelle-toi ses paroles : « Le bonheur d'une femme est dans son devoir. » Allons, remets-toi! songeons à sortir de cette situation terrible. Blanche, qui déjà s'est dévouée, peut devenir notre ange tutélaire, je vais l'appeler. (*Il entre chez Blanche.*)

LA BARONNE, *seule.*

Oui... elle l'aime... Eh bien! qu'elle soit heureuse, qu'elle l'épouse!... « Le bonheur d'une femme est dans son devoir. »

LE VICOMTE, *revenant et tenant un billet à la main.*

Partie! partie pour le couvent! Elle se croit donc coupable aussi! Je vais la rejoindre, il faut qu'elle me dise la vérité tout entière. Si ce départ est un sacrifice, je ne l'accepterai pas ; en attendant, il sauve les apparences. Et puisqu'il n'y a pas de mal, Dieu et ton mari te pardonneront. A bientôt.

LA BARONNE.

Mon bon, mon pauvre père!

LE VICOMTE, *en l'embrassant.*

Vois-tu, je t'aime tant que je lui en veux à ce Brutus. (*A part.*) Mais non, c'est un grand homme. (*Il sonne.*) Joseph, si le comte de Granval vient, priez-le de m'attendre un instant.

LA BARONNE, *en rentrant dans sa chambre.*

Oui, qu'il l'épouse! le sacrifice en est fait!

SCÈNE VIII.

LE COMTE, *introduit par un domestique.*

JOSEPH.

Monsieur le vicomte va venir à l'instant. (*Il sort.*)

LE COMTE, *seul.*

Maintenant, je comprends. Dominique m'a tout dit. Cette idée vient de Blanche. Noble enfant !... Voilà une jeune personne qui peut-être n'a jamais lu que son catéchisme, qui ignore et Plutarque et Tacite, et saint Augustin et Pascal, qui, pure devant Dieu, accepte la honte devant les hommes pour sauver son amie. Et moi, j'allais violer les principes de toute ma vie par une fausse honte ! Non, non, je ne me battrai pas, je ne mentirai pas, je n'accepterai même pas le sacrifice de cette jeune fille. Il faut qu'elle reste pure devant son frère, auquel je parlerai, enfin ! C'est l'inertie, l'effacement des honnêtes gens qui rendent certains hommes si bruyants et parfois si audacieux ! Quand le lion ne rugit pas, les chacals remplissent les carrefours de leurs cris de rapine et de victoire ! Oui, il est temps que je parle, que je me montre tel que je suis !

SCÈNE IX.

LE COMTE, LE BARON.

LE BARON, *gravement.*

Vous, monsieur ! J'attendais vos témoins.

LE COMTE.

Quand j'ai des vérités à dire à un ami, je n'appelle pas de témoins.

LE BARON.

Vous n'acceptez pas ma proposition... je n'ai que faire de vos vérités.

LE COMTE.

Vous les entendrez pourtant. Vous savez que je me suis battu et que je ne me bats plus.

LE BARON.

Quand vous vous battiez, vous ne convoitiez pas la femme de votre ami.

LE COMTE.

Et quand vous enleviez la femme d'un ami, vous ne vous battiez pas.

LE BARON.

Êtes-vous venu pour me dire des injures?

LE COMTE.

Non. Je suis venu pour mettre à néant celles que tu t'es adressées en me soupçonnant. Quand même j'aurais envié ta femme; avant d'être victime, tu étais bourreau. Ne t'ai-je pas prédit que tu serais puni?

LE BARON.

Je le suis donc ! Malheur à elle !

LE COMTE.

Malheur à toi ! Quand donc as-tu donné à ta femme l'exemple du devoir ? Lui as-tu enseigné les lois de la vertu ? Et si tu la crois coupable, c'est que tu la juges d'après toi. Et avec qui, encore ? Avec moi, ton ami de quinze ans ! Certes, je n'aurais pas demandé la main de mademoiselle de Beauchâteau, si j'avais connu ton amour pour elle ! mais si je n'eusse pas sacrifié mon amour à mon amitié, tu ne serais pas son mari.

LE BARON.

Elle t'aimait donc?

LE COMTE.

J'aurais su, moi, me faire aimer. Mais si j'étais son mari,
et que tu l'aimasses, jamais l'idée ne me serait venue de te
soupçonner. Et sais-tu pourquoi? Parce qu'il me serait impossible d'accuser un ami d'un crime dont je ne serais pas
capable!

LE BARON, *avec bonheur.*

Il serait vrai !

LE COMTE.

Tiens, voilà quinze ans que je suis la dupe d'un égoïste. A
moi les sacrifices, à toi les bénéfices. Aujourd'hui, je te connais enfin ; tu m'as ouvert les yeux, tu viens de rompre cette
amitié que tu as flétrie de tes soupçons outrageants !

SCÈNE X.

LES MÊMES, LE VICOMTE, *paraissant à la porte du cabinet de Blanche.*

LE VICOMTE, *à part.*

C'est bien dit.

LE COMTE.

Tu veux que je me batte avec toi, soit ! Il ne te suffit pas
d'avoir brisé mon cœur, d'avoir détruit la dernière illusion
de mon esprit, tu veux encore perdre ta femme, et faire
d'elle la fable de la ville, ta femme que j'adorerais à genoux
si elle était la mienne...

LE VICOMTE, *à part.*

Oh ! le digne homme !

LE COMTE.

Passe encore pour ton beau-père, qui ne me connaît pas et qui me charge de tous ses vices du passé.

LE VICOMTE, à part.

Il a raison. Je me suis conduit comme un sot.

LE COMTE.

Mais toi qui me connais depuis mon adolescence, qui m'as vu perdre la moitié de ma fortune plutôt que de manquer à ma parole, et refuser honneurs et dignités pour rester fidèle à mes opinions, toi pour qui j'ai risqué ma vie !... Non ! je ne suis plus pour toi que le comte de Granval ! Tout notre passé, je le jette à tes pieds et je le foule aux miens. (*Pause.*) Maintenant, monsieur le baron de Rochefort, parlez. Je suis à vos ordres. Que me voulez-vous ? que me demandez-vous ?

LE BARON, à part.

S'il savait quel bien il me fait...

LE VICOMTE, s'avançant.

C'est vrai, mon gendre, c'est un honnête homme ! (*A part.*) Blanche, que j'ai ramenée, m'a tout confirmé.

LE COMTE, au vicomte.

Je suis heureux de vous rencontrer, monsieur, car, avant d'accepter le défi que vous m'avez porté... je voulais...

LE BARON, au vicomte.

Vous aussi !

LE VICOMTE, au comte.

N'en parlons plus. (*A part, au baron.*) Il s'agissait de votre sœur.

LE BARON, à part.

De Blanche ? Il serait donc venu pour elle ! Le fait est que c'est elle seule que j'ai vue.

LE VICOMTE, *au baron.*

Mon ami, voulez-vous me laisser un instant seul avec le comte... J'ai à lui parler.

LE COMTE.

Point de secrets ! Ce que vous avez à me dire, dites-le en face de tous... Arrière les subterfuges ! Qu'on ouvre toutes les portes ! (*Il ouvre les portes des chambres.*) Je suis un homme ! Si c'est une vérité, je saurai la supporter ! si c'est un mensonge, je saurai le confondre ! Parlez.

LE VICOMTE, *à part, au comte.*

Mais songez à ma pauvre fille...

LE COMTE.

Vous voulez donc que je calomnie la vertu !

SCÈNE XI.

LES MÊMES, LA BARONNE *à la porte de sa chambre,* BLANCHE *en toilette de couvent, derrière elle* DOMINIQUE.

LE COMTE.

Mademoiselle Blanche, il est vrai, m'a écrit de venir, mais sur la prière de Dominique. Elle ignorait que monsieur le baron m'avait défendu sa maison. Je suis venu. Madame la baronne m'a fait l'honneur de me recevoir. J'ai eu, j'en conviens, un moment de trouble et de vertige. J'ai osé lui parler de mon amour passé. (*Fléchissant le genou devant la baronne.*) Je lui en demande pardon, ici, devant tous... devant son mari... autrefois mon ami...

LE BARON, *s'élançant dans les bras du comte.*

Aujourd'hui encore, et pour toujours !

DOMINIQUE, *à part et attendri.*

Ah ! que c'est beau ! que c'est grand !

LA BARONNE, *à Blanche et à part.*

Tu l'aimes donc bien, ma sœur ?

BLANCHE, *de même.*

Plus que ma vie !

LA BARONNE, *au comte, un peu à part.*

J'ai accepté votre sacrifice, voici le mien. (*Haut en lui présentant Berthe.*) Votre femme sera digne de vous.

LE COMTE.

Je reçois de votre main le bonheur que vous m'offrez...

LE BARON.

Il ne te fera pas défaut.

LE VICOMTE.

Oui ; car le temps, qui affaiblit l'amour... fortifie l'amitié !

FIN.

Paris. — Typ. de Mme Ve Dondey-Dupré, rue Saint-Louis, 46.

9 782019 671099